써놓고 보니 슬픈 말이다

오비올프레스

# 써놓고 보니 슬픈 말이다

차례

강세환

# 시를 읽자
– 주관 ; 강원도 도민들을 위한 순회 무료 시 낭독회


늙은 나귀의 등에 시를 싣고 가자
메밀꽃 필 땐 허생원처럼 봉평 장에 가자
또 하루는 김유정처럼 실레마을에 들르자
날이 저물면 찜질방에 가서
시를 내려놓고 나귀의 등을 따뜻하게 하자
시를 따뜻하게 하자


정선읍사무소 앞뜰에도 시 한 편 펼쳐놓자
화천군 구만리 마을회관을 빌려 시를 읽자
어떤 날은 노인정 구석에서 혼자 시를 읽자
저 빗소리보다 조금 더 나직이 읽자
그곳 태백 황지 도계 철암에도 가자
폐광 앞에서 작고 슬픈 시를 낭독하자
빈집 마루턱에 앉아 시의 안부도 묻자
– 어디 아픈 데 없나?


양구 가마터에서도 시를 낭독하자
철원 민통선에서도 시를 읽어야 한다
화진포 호숫가에서도

속초 아바이 마을에서도
삼척 죽서루에서도
낙산 홍련암에서도 시를 낭독하자
그리고 시의 등을 토닥토닥 두드리며 위로하자
- 수고했어!
- 고생했어!

# 저 꽃

돌담 아래 등 붙이고 앉아
한 줌 햇살 외엔 다 필요 없는
더 갖고 싶은 것도 없고
더 가고 싶은 곳도 없는
저 노인!
더 피지도 않고 더 지지도 않을
환한 웃음!

# 시가 올 때

단 한 줄기 환한 빛처럼 시가 올 때 있다
공연히 우울할 때 아니고
술 마실 때 아니고
술 마신 다음 날 아침 허전할 때 아니고
늦은 밤 후배 시인이 느닷없이 술 취한 목소리로 전화할
때 아니고
– 형! 신작시 한 편 읽고 싶어요!
다만 한순간에 시가 올 때 있다
책상 앞에 앉아서 뭔가 끄적거릴 때 아니고
딱히 힘들 때 아니고
그냥 써질 때 아니고
그냥 나올 때 아니고
그냥 그냥 그냥 아무것도 아무것도 아무것도 아닐 때
다시 시인의 고백도 아니고
수다도 아니고 넋두리도 아니고
시 속에 시인 없고
시 속에 시도 없고
누군가 흘린 눈물 자국 같은 것도 겨우 보이다 안 보일 때
이 시 속에 내가 도무지 안 보일 때

이 시 속에 도저히 내가 안 보일 때
이 시 속에 나를 찾을 수 없을 때
시 속에 치부 같은 것도 보이지 않을 때
아무것도 아무것도 아닐 때

# 저 빗속에서

고모리 저수지 둘레 길에서 집사람과 빗속에 갇혔어
이런 소낙비에 갇힌 적 언제?
빗속에 갇혀 한 발짝도 움직이지 못 했어
남의 집 처마 밑에서
실은 어느 카페 앞뜰 야외 파라솔 밑에서
한 시간 가량 마냥 서 있었어

이 빗속에서
나는 펜을 꺼내 시 몇 줄이라도 끄적거리고 있었을 거야
"또 시 한 줄 끄적거릴 생각만 하지?"
"시가 써지는 걸 어떨?"
"난 관심도 없지?"
"시가 나오는데!"

비 그친 후 돌아보니
내가 서 있었던 곳이 남의 집 마당 파라솔이 아니라
정말 아무도 없는 헛간 같은 곳!
솔직히 난 돌아보지 않았어!
내가 빗속에 있었는지 헛간 속에 있었는지

다시 한 번 돌아가면 알 수 있을까

내가 빗속이 아니라 저기 시 속에 있었던 거 아닐까

저 빗속의 시(詩)?

# 면벽 31
– 차마고도(茶馬古道)


"배낭에 뭘 그렇게 많이 넣었습니까?"

"그냥 잡동사닌데……"

"무겁겠지요"

"좀 무겁게 하려고…… 벽돌 한 무더기 더 넣었어!"

"……"

"그대 풍류(風流)를 아는가??"


저 산이 뭇짐승처럼 큰 울음을 다 터뜨려도
차마고도는 너무 멀다
그대 또한 차마고도에 이르지 않아도
그대 또한 차마고도에 이를 것만 같은
더 외로울 것도
더 고달플 일도 없을 것 같은


"수건에 싼 이건 또 뭐예요?"

"벽돌 한 장 더!"

# 길 밖에서

이 땅에서 가장 느린 기차를 얻어 타고
빈손을 흔들며
아무것도 없이 아무렇지도 않게
떠날 수 있을 때 떠날 수 있기를!
하루는 길 아닌 길을 걷다가
하루는 길 없는 길을 걷다가
또 하루는 길을 잃고 길을 헤매다
갈 데까지 가서
갈 데까지 못가면
길 밖에서 떠돌다
이 땅에서 가장 작고 깊은 암자(庵子)에 들어가
빈손으로
기도할 수 있을 때 기도할 수 있기를
침묵할 수 있을 때 침묵할 수 있기를
아님 기도 밖에서 기도하기를
침묵 밖에서 침묵하기를
그렇게 길 밖에서

김진숙

# 나의 방식

북극 만년설 언저리에 사는 사람들은 화가 나거나 슬픔에 사
로잡히면 그냥 눈밭 위를 걷는다 무작정 계속 걷고 또 걷다
가 그 마음이 다 사그라지면 그 자리에 긴 막대기 하나 꽂아
놓고 돌아온다 나는 단구동에서 태장동까지 걷고 또 걸어가
낯선 카페에서 커피 한 잔 마시고 쿠폰 도장 찍어 버스 타고
돌아온다 나도 모르는 나를 놓고 오는 나의 방식이다 서해
바다 통째로 붉을 때 동해바다를 잊는 방식도 좋다

# 안부

아침마다 바닥에 쌓인 하루살이 떼
몇 시간 생을 눈부시게 살았는지
가녀린 꽃대처럼 한순간 진저리쳤을
너에게
안녕이라고 한 번도 묻지 못했다

# 시는 어디가고

원주에서 서울 가는 길은 온통 봄빛
그 풍경에 마음 뺏겨
갑자기 뭐 마렵듯 시 쓰고 싶어
한달음에 메모 했는데
한밤중 열어 본 메모지엔
절절했던 시 어디가고
뱀 허물처럼 남아 있는 단어들
문장도 되지 못한 채
사랑 끝나버린 무연한 눈빛으로
나를 쳐다본다
쓸데없이 말 많은 여자가
단어들과 눈맞춤하고 있는 동안
시는 빗나가고

# 초가을 빗소리

안동 하회마을에서 일박 하는 날
민박집 할머니 잔걱정 한가득 방에 들여 놓았다
초가을 빗소리 창호지 안으로 스며들고
슈만의 바이올린 소나타 3번 연주가 젖어
깜깜한 어둠에 깔렸다
즐거운 시절아
오해하지 말자
우린 서로 모르는 사람들
낯설고 어색해도 무심한 척
취하고 싶은 밤
비 냄새 피차 초면인 듯
슬그머니 방안으로 스며든 순간
더할 수 없이 애잔해 졌던
초가을 빗소리

# 막차

저녁 여섯 시
영월에서 원주 가는 버스에 오르니
승객이 무려 여섯 명이다
연당에서 한명
쌍용에서 세 명 내리고도
두 명이나 남았다
차창 밖 어둠이 번지는데
차 안의 내가 깜깜해진
그 날의 막차는 지나간 한 시절처럼
다시 오지 않는 것
가끔
막차를 놓치고 싶다

## 생은 솔직하다

택시 타고 보니 백미러에 기사님 연세가 보였다
모택동 모자에 돋보기 속 눈자위는 푹 꺼지고
운전대 꽉 잡은 손에서 재빨리 읽은 수전증은
족히 팔순은 넘긴 모습이다
거기다 보청기까지
기사님 마음이야 지천명이겠지만
목적지를 말하는 순간
백이십 킬로미터로 질주하는 속도감에 아찔
이미 녹슨 감각으로 오는 운전 실력에 어질
본능적으로 잡은 손잡이에 힘이 잔뜩
식은땀이 줄줄
나도 모르게 중얼거렸다
젠장!
살아 있다는 것을 절절히 통감했다

박연식

# 시월

굽은 길을 간다
스스로 물들어간 잎들
그들은 화려한 빛으로
내 앞에서 일어나
내 뒤로 눕는다
나무들이 휜다
서둘러 떨어지는 잎들과
힘주어 매달린 것들
노을도 나날이 붉어져
초조해진
파란 하늘이 간간이
구름 뒤로 숨는다

# 길

바람이 일며 소음이 지난다
이승을 지나는 행렬
아픔도 묻어간다
기다림과 엇갈림도
배웅하고 마중하는 길
세월까지도 내고야 마는
그 길을 어제는 그가 가고
오늘은 내가 간다

# 연륜

오래된 가옥이 모여 있는 곳
담장 너머 노란 국화가 피었다
아직은 이른 가을 한낮
폭염에 젖어있다

길 가던 백발노인
지팡이 곧추 세우고
먼 산 바라보듯 국화를 본다
"얘도 어찌 지 맘으로 피었겠나!"

노란 국화
고단한 미소

# 일출

마음을 먼저 보내고
빛을 들고 온다
그렇게 하루를 가르친다
하루를 가르치고
다시 일출이 되는 까닭은
한 생을 가르치기 위함이다
한 생을 가르치고
다시 일출이 됨은
한 겁이 가도
못다함을 말하기 위함이다

어느 날
어둠을 보게 하고
어둠을 적셔주기 위해
그렇게 마음을 쉬어도
식지 않는 열정은
또 다시
일출이 되기 위함이다

# 가을비

밤새 비바람 치더니
낙엽 무리지어 쌓였다
카메라에 담는다 셔터 속으로
가을은 깊숙이 스며들고
휑한 나뭇가지 올려다보다
지독하게 삭막해지고 싶은
이 심사!

# 그때였어


무실사거리 가로등 꺼질 무렵
점멸로 몸 바꾸고
내 좁은 안식처 슬쩍 지나치니
서원 길 훤히 허공을 연다
어떤 신호도 없다는 안심
이쪽도 저쪽도 아닌
시간이 자연스레 간다는 관념
아차 깨어나니
그것이 아니었어
만보기 신호음일 뿐
한발 내딛는 그 순간이
나의 진보였지

강송숙

# 백중 전날

일단 만나서 갈 곳을 정하자고 했다
흰 구름이 빠르게 움직이고 나는 천천히
지도를 검색하기 시작했다
태풍 예고가 있는 아침이었다
누가 그랬나 길 끝에 절이 있다고
굳이 끝까지 가서 보고 올 일은 아니었는데

열어놓은 법당 안으로 바람 한줄기 기웃대고
마른 마당에 비질하는 노인
길고양이 빗자루 끝을 따라 돌고
그 모습을 무심히 바라보는 백구 한 마리
외길에서 만나 인사하듯 비켜가면서
늙은 비구니 슬쩍 들어주던
흰 장갑 낀 손

# 좋은 말 좀 해봐

몇 차례 안부가 오가고
잘 지내라는 인사를 할 때쯤 그가 말했다
말없이 전화를 끊고
공연히 베란다 문을 연다
봄이 되면서 분양 받은 감나무 한 그루
제자리를 못 찾고 좁은 마당을 다 차지하고 누웠다
다 자란 나무라 며칠 그냥 두어도 괜찮을 거라고
좋은 자리 만들어 잘 심을 거라고, 그럼
곧 잎도 새로 나고 열매도 열릴 거라고, 참
가을엔 단풍도 볼만할 거라고
그렇게 정말 며칠이 지나고 또 며칠이 지나고
다시 며칠이 지나는 동안
뿌리는 허옇게 말라가고 가지 끝에는 새 잎이 돋았다
죽은 것과 산 것이 한 가지에 있다고
사는 것도 죽는 것만큼 목이 메는 일이라고
누구에게도 닿지 못한
내, 속의 말들

# 낯선 곳에서

술집에서 나오니 다들 헤어지기 서운해 숙소에서 한잔 더 하기로 한다 이럴 땐 그저 눈빛으로 충분하다 편의점에서 클라우드와 코젤 그리고 투 플러스 원이라는 숙취 해소 음료와 코코아 맛 우유 두통을 샀다 문을 밀고 나가려는데 입구에 쭈그리고 있던 노인이 지팡이에 의지해 일어난다 잠시 망설이다 코코아 맛 우유를 한 통 건넸다 노인은 우유를 받자마자 망설임 없이 가게 안으로 들어갔다 곧 다시 나오는데 손에 우유 대신 소주병이 들렸다 그 모습을 한참 보다가 나는 숙소로 들어갔다

# 여름에게

이미 떠났다는 소식 전해 들었으니
나는 그대 돌아오기만 기다리면 되겠다
뵈지는 않지만 길 속에 그대 체온 남아 있다*
말없이 떠나 서운했을까 먹구름이 모이기 시작한다
흰 티셔츠에 슬리퍼를 신은 청년 잠시
하늘을 바라보다가 천천히 낚싯대를 접는다
사제리 구판장 맞은 편 묵집으로 노인들 서둘러
들어간다 점심시간은 이미 오래 지났다
바람에 먹구름 흔들리더니 이내 몸 털 듯
빗방울 떨어진다 그대 다시 올 땐 초록 말고,
서러운 초록 말고


* 황동규 「연필화」에서

# 4월 아침의 대화

벚꽃 내리더니 그 곁에 조팝꽃이 환하네
지난 밤 비에도 돌에 붙어 지내던 것들은 그대로 있군요
물에 떠다니던 나머진 다 어디로 갔을까요?
떠내려갔겠지
당연하다는 듯 말씀하시는군요
조팝꽃이 지면 이팝꽃이 피겠지
저 녀석들은 지난번보다 살도 올랐군요
그런데 돌에 붙어있는 올챙이가 그때 그 녀석인지
어떻게 알아?

## 비 그치고

이미 다 털어낸 호두나무에서
어제는 세 알 오늘은 두 알
절 마당에 떨어진 호두를 주워
약수터 돌담 위에 올려놓고
내려오다 돌아보니 저기
없는 바람에 부르르 몸 터는
가을비 한 줌

박홍우

# 우산을 쓰고 싶다

얼기설기 늘어진 논 자락
여린 모는 벼가 되고
분얼分蘗되어 옆으로 몸을 부풀린다
봇물 터지듯이 온통 푸르러진
논바닥은
틈조차 보여 주지 않고
뿌리가 한창 뜨겁게 달아오를 때
포기는 하늘을 향하여
연기를 피우지 않는
기우제를 지내고 있는 중이다
목이 탄다
불볕더위 한 여름
목이 마른 벼 포기는
물이
그리워 조금씩 지쳐가고
여물어 가려는 염원
서쪽 하늘로 잔물殘物마저 사라진다
강이 품은 푸른 꿈도 잃었다

# 온종일 바람 속에서


풀냄새가 피어오르는 날은
어김없이 그리움이 물밀듯 밀려온다
그럴 때면 온종일 바람을 맞으며
수많은 생각들을 허공에 던져 놓고
그들이 전하는 상념에 젖어본다
일상의 모든 걸 버리고
고요보다 더 깊은 나락으로 다가서면
흔들리는 감정을 안아주듯
바람은 잔잔히 내 등을 떠밀고 있다
절절히 그리움에 젖어본 사람만이
외로움을 아는 것처럼
바람에게 위로를 받고 싶을 뿐이다
밀려오는 그리움이
풀냄새로 스미는 날은
온종일 바람의 숨결 속에 젖어본다
바람을 맞으며 바람이 된다

# 어쩌면 나는

붉은 노을이 파도 속에 잠기면서
하루가 저물어간다
저문다는 것은 일상을 내려놓는 것이다
소리 없이 흘러가는 시간
잡을 수 없는 회한
짧은 오늘의 아쉬움과 마지막의 경계에서
늘 푸른 꿈은 외면되고 싸늘한 밤공기 사이로
갈 곳을 잃어 서성거리고 있는
침묵의 성긴 파편들은
고요 속에서 감춰진 불면의 언어가 되었다
바람이 불면 또 사라지는 것처럼
기다리고 있는 것도
잠시 머물고 있는 것도
더러는 보이지 않은 것들로 사라지고

저 외로움의 몸부림 같은 것들

# 달맞이꽃

그립다 그립다 하여
피었다가 지고 또 피고
끝내 사랑한다는 말을 전할 수 없었다
꽃대를 다 버린 마지막 꽃잎
다가오는 예고된 이별 앞에서
맺힌 눈물은 차가운 이슬이 된다
깊어 가는 가을
풀벌레 숨어 우는 둑길 넘어
하얀 달을 끝없이 바라보고 있다
수많은 밤을 기다리고 기다린 달맞이꽃
사랑한다고 한없이 기다린다고
또 다시 기약 없는 애처로운 다짐을 한다
혼자 가는 바스락 길
가벼울 것도 무거울 것조차 없어서
이제 스스로를 버려야 할 시간이다
갈바람 앞에서
그리운 사랑을 채워가고 있다

# 봄밤

외로움이니 하는 말로
속살거리는 봄을 헛되이 보내지 말라
내 이미 시인이 아닌 시인으로
시다운 시를 외면한지 오래이지만
봄비가 내리는 이 좋은 계절에
어찌 못난 시라도 쓰지 않을 수 있을까
시가 아니어도 시인이 아니어도 좋다
끄적거리는 글이라도 봄을 대신 한다면
쓰고 싶은 시들은 만찬이다

# 세월

시간을 잃어버린 순간들은
하루를 서성거리다
보이지 않는 세월 속에 흩어지고
어쩔 수 없이 나도 떠밀려가고 있다
잊혀진 그리움은
외로울 때 보다 더 외로운 한숨이 흐른다
짧지만 적지 않았던 날들
나이보다
더 소중한 것들도 이젠 떠나가고 있지만
남겨진 시간의 공간에서
조금이나마 덜한
그리움들을 살아있는 모두에게 줄 순 없을까
그리움은 그리운 것들끼리
또 다른 외로움들이 있었다

한경순

# 입추

아직 한낮은
매미소리 요란하고
덥다 더워
입에 달고 살지만
파란 하늘
자꾸만 높아지고
밝은 햇살
문틈으로 들어와
마루에
긴 그림자 드리운다

도심의
작은 숲에서 풀벌레
소리 들려오고
소슬한
바람 살갗에 와 닿는데
까맣게 익어
떨어진 이팝나무 열매

발길에

툭, 툭 차인다

# 어떤 월요일

아침 산책에 나섰다 집 밖에 나오니 파란 하늘에 한가로이 구름 한 점 떠있고 가벼운 바람이 살갗에 부드럽게 와 닿았다 녹음 짙어가고 이팝나무엔 봄 지나간 흔적이 조그만 초록 점으로 남아있다

미세 먼지 좋음
초미세먼지 더 좋음
내 마음은 더 더 좋음

# 옛날로

한 열흘만이라도
옛날로 가고 싶소

비 온 뒤 길에 고인 물속에
비친 하늘 보고 싶소

깊은 바다인양 바라보던
그 때로 가고 싶소

그곳에 떠다니던
종이배가 보고 싶소

종이배 옆에 흔들리던
그 얼굴 보고 싶소

뭉게구름 잡으려던
그 아이가 보고 싶소

꿈속에서 구름 따라

그 시절로 가고 싶소

# 그곳이 고향이었어

어김없이 찾아오는 오월이면
산과 들은 온통 나물 천지가 되었다
마을 사람들 모두 모여 강 건너 먼 산으로
나물하러 떠나던 곳 어둑어둑 해 저물녘이면
함박웃음과 함께 등짐 한가득
고사리며 두릅순 취나물 다래순이 담겼었지

시커먼 먹구름이 몰고 온 장맛비
펑펑 쏟아진 강물이 벌건 흙탕물로 소용돌이 칠 때
주낙에 지렁이 끼워 강물에 놓아두면
굵은 메기도 걸리고 자라도 걸려든다
그럴 때면 모두 눈이 황홀했고 입이 즐거웠지

환장하게 눈부시던 푸른 하늘에
희미한 그림자 길게 늘어지던 외진 산길
아버지와 어린 딸이 걷고 있다
빨갛게 바스락거리는 고추자루 메고
디딜방아 찾아 산길을 걷고 있다

동지섣달 추위에 강물이 꽝꽝 얼어붙으면
젊은 아버지 강 건너 큰 산으로
나무하러 길 나서고
집에 남은 어린 딸은 화로에 불 가득 담아
뚝배기 올려놓고 기다리던 곳

# 모닥불

소슬한 바람 부는 치악산 자락에서
들려오는 소리에 귀 기울여 보라
한여름 지난 나뭇잎들의
두런거리는 소리가 들리는 것을
푸르던 나뭇잎이 한 생을
마감하며 보이는 것은
아름다움에 충만한 오직
그 만이 보일 수 있는 것이려니
무릇 지상의 모든 것들은
마지막을 위해 사는 것
저기 보이는 저녁노을이 붉은 것도
우리 삶의 황혼이 가야할 길을 보여주는 것
작은 소리를 듣기 위하여 귀를 열어야하듯
좋은 관계를 갖기 위하여 마음을 열자
여기, 우리가 같이 할 수 있는 것은
찰나에 지나지 않은 것
서로의 온기를 모아 모닥불을 지피자

# 기분 좋은날

햇볕 따사로운 봄날 아파트 앞 좌판에 놓여있는 풋나물들
씁쓰레한 맛으로 오감을 자극하는 물쑥뿌리 풋풋한 돌나물
먼 남도의 해풍을 맞으며 자란 풋마늘들 이리저리 기웃거리
다 물쑥뿌리와 돌나물 사들고 돌아오는데 왠지 허전해 저런
마늘을 잊었네 어찌할까 망설이다 그냥 돌아섰는데 검은 비
닐봉지 안에 들어있는 풋마늘 세 뿌리
오! 놀라운 좌판 할머니의 센스

박세현

마치 살아있다는 듯이

# 라오스

오늘 비 많다 습도 70%

내일 비 올 확률 80%다

신림식당에서 본 꽃은 수세미일 확률이 41%

스마트 폰 앱이 분석한 결론이다

내가 시인일 확률은 37%로 떴다

자체 분석이다

연관 검색어 전혀 뜨지 않음

누가 내 시는 깊이가 없다고 하여 고맙다고 인사했다

시에서 깊이나 의미를 찾아서 어떡하겠다는 것인지

저러니 한국시가 뺙싸리를 면치 못하고 있지

내 시가 의미 있을 확률은 10%를 밑돈다 다행이다

주차장으로 내려오면서 손으로 올여름 장맛비를 가렸다

그나저나 홍상수는 언제 개봉하느냐

당신 자신과 당신의 것

빗줄기가 우산 없이 지나가는 당신을 파고든다

# 시 없는 시

내가 시를 쓰는 건
당신한테 시 참 좋네요 이 소리 듣자고
타자하고 고치고 시집 내는 건 아니다
그럴 거면 어디 근사한 곳에 가서
와인이나 일 잔 하면 될 일이다
아무리 생각해도 시창작은 일말의 우스개다
몸에 기어다니는 이 잡는 꼴이다
내 오줌 지린 자국
무의식이 쓱 지워버린 행간이 실까
시를 잘 쓴다는 말은 언제나 조롱이다
맨 정신으로는 할 수 있는 말이 아니다
시를 어떻게 잘 쓸 수 있을까
시 참 좋네요
징그럽다
나는 시 없는 시를 꿈꾼다

# 막시 31

2015년 10월 22일 오전

나는 치나스키 역에 내렸다

아무도 날 알아보지 못했고 마중하는 이도 없었다

치선생의 흉상에 간단한 예를 갖추고

밖으로 나오니 부서지는 시월 햇살이 다 시같다

집배원이 오토바이 시동을 거는 남원주우체국 앞

부르릉 부르릉 삶이 가볍다

소설 속에서 태어나 소설 속으로 다시 돌아가지 못한 인물이

한 둘이 아니지만 치선생처럼 낡은 생의 골목길을 배회한다

세상이 날 뱉아낼 때 그때마다 나는 시인이었느니라

한 줄의 시에 얹혀 살았던 순간이 나를 깨운다

세상을 살아낸다는 것

그것도 아주 고귀하게 살아낸다는 것

그런 것은 누구에게나 픽션이다

아무도 없는 매표 창구에 입을 대고

없는 치나스키 역 티켓 달라고 소리치는 것과 같다

가을엔 치나스키 역에 가보고 싶다

## 지나간 봄밤

불을 끄고 눕다

눕다 성근 어둠이 같이 곁에 눕는다

눈을 감는다 감지 않아도 마찬가지다

다시 눈을 뜬다 시 없이도 편하다

북한이 동쪽바다에 무엇을 쏘았다는데

실패한 것 같다고 당국이 발표했다

먹을 거 먹지 못하고 한 방 쐈을 텐데

그런 생각이 전두엽 근처를 지나는 동안

허접스런 입방아를 찧어 본다

통일하여 저딴 헛수고 덜어줘야 할 텐데

일없이 혼자 눈을 감는다

시를 읽지 않는 시대가 시처럼 지나간다

시도 한 방인가 두 방 세 방 헛방짜리?

이상의 봉두난발, 김종삼의 벙거지, 김춘수의 콧수염

김영태의 청바지, 오규원의 날스카프

그런 풍문은 가고 오지 않는다

잔잔하게 견딜 뿐이다

# 쓰다

그렇다 나는 쓴다
오로지 라고는 하지 않겠다
그냥 쓴다
나는 강원도 강릉 산촌 태생
국적은 대한민국 늘 그런 나라
그런 모교인 강릉교육대학은 폐교되었다
교육학개론 강의실을 나와 바닷가
공동묘지에서 듣던 파도소리는
스무살의 시가 되어 첫시집에 살고 있다
내 살림은 스무살 혼자
파도소리에 젖던 그날로부터 시작한다
내가 쓴 아홉 권의 시집
더불어 네 권의 산문집
그 책 속에는 내가 벗어놓은 나
나를 버린 내가 누워 있다
심심할 때 그 사람을 불러본다
그는 희미하게 살아 있다
그는 등단하지 않은 시인이다
그가 시인인 것은 몇 권의 시집을

썼기 때문이 아니라 쓰지 않은

단 한 편의 시를 갈망하기 때문이다

한 편의 시는 지금 어디 있는가

나도 모르고 당신도 모른다

나는 초현실주의자다

가족도 초월 직장도 초월 국가도 초월

종교도 초월 선악도 초월 철학도 초월 중앙선도 초월

초월한다 훨훨 오리무중 온통 초현실이다

초현실적인 책을 읽고

초현실적인 꿈을 꾸고

초현실적으로 징징댄다

나는 휴전협정같은 거

대한민국만세같은 거 모른다

고향집은 사라지고 고향만 남은

어떤 주소로 편지 쓴다

아무도 살지 않는 그곳

편지는 언제나 정시에 도착한다

사랑하는 할머니께

사랑하는 살구나무에게 메뚜기 형제들에게

참나무 밑둥에 붙어 울던 매미 허물에게
양철지붕을 삼킨 초저녁 어둠에게
나의 시를 읽어준다
듣고 있나요
듣고 있나요
듣고 있나요
친애하는 나의 시 한 줄
딱 한 줄

홍현숙

# 산후조리

오랜만에 나타난 친구가
요즘 뭐 하니? 묻기에
느닷없이 산후조리중 이라 말했다
책 나오기 전 설렘이 통증으로 전이됨을
무어라 핑계 될 수 없어 했던 말

엄마도 막내 낳고
젖몸살과 훗배앓이가 꽤 심했다
사람구실 못하는 애가 나왔다느니 병명도 없다느니
동네 사람들의 수근거림이 오랜 상처가 되었다며
훗날 내게 애 낳으면 산후조리
제대로 하라 일러 주셨다
애 낳은 게 무슨 병이라고 엄마도 참

시집을 내놓고 주변 눈치를 살핀다 행여 누가 뭔소리 안하나
다들 바빠 죽겠다는데 공연히 책을 줬나 받고도 이틀 사흘
한 달이 지나도록 쌩까는 지인들도 많다 엊그제 만난 세탁소
는 '아니, 토지길에서 무실로까지 비 맞으며 걸었다는 게 실
화야' 하고 묻는다

그저

내 시 나나 읽자 하다가 쓸데없이 우울해지는 건 뭘까

이 허무맹랑한

산후 배앓이

참으로 건방진 자학이다

# 젖는다는 말

소나기에 놀란 고깔제비꽃
모자를 벗어 빗방울을 받아먹습니다
모자가 물받이가 되었습니다
꽃잎들 덩달아 빗줄기를 타고 놉니다
참개구리 빗방울을 냉큼 받아 삼킵니다
붉은여우꼬리풀 흐드러지게 즐거운데
너무 건조해 물기하나 없는 나만 쫄딱
소나기를 맞습니다 심장 가까이 출렁이는
이 소리는 뭔가요
소나기를 만난다는 말은 한없이
젖는다는 말이었습니다 사소한 풍경에
나 이렇게 빠져든 적 있었나요
홀딱
흠뻑
젖어 본 게 언제였나요
마음속까지 젖어들 일 있을까요
나는 오늘 젖는다는 말에 반해
소나기의 꽁무니를 따라 갑니다

# 라이프 로깅 *


새로 산 옷을 찍고

새 가방을 찍고

범칙금 통지서를 찍고

점심상을 찍고

메모를 찍고

강의 내용을 찍고

정체 모를 상처를 찍고

주차해둔 자리를 찍고

나는 온종일 찍었다

무심코 찍힌 저녁뉴스

실체 없는 기록물이다

생생한 책임론이다

누군가 플래시를 터트려 어둠을 찍는다

빛이 닿을 때 마다 찍히는 것들이 먼지를 일으킨다

이 순간은 찾아야한다는 의지가 찍힌다

찍으려다 찍혔다

정리되지 않은 채로 찍히는 하루

실체는 대체 어디로 갔을까

내용 없는 하루만 서 있다

오늘은 내가 누군가에게 찍혀

쓸쓸한 기록물이 되었다

* 라이프 로깅: 때마다 거르지 않고 일상을 모두 기록하는 것

# 아무렇지 않은 척

활동감지센서불량
전원차단
배터리구동후전원꺼짐

낮 열두시
교회 건물에 세 들어 사는 엄씨 할머니 집
설움 섞인 정적이 매캐하다
어두운 복도 끝을 돌아 나오는 동안
굳게 닫힌 문틈으로 싸한 공기가 흐른다
- 아주머니, 어르신 또 병원 가셨어요?
주인집 아줌마 힐끔 고개를 들더니
- 어르신 지난 말복날 돌아가셨어

방안에 삼양라면 박스 몇
무연고 장례식 뒤끝
집 주인은 서둘러 정리를 하고 있다
아무렇지 않게 돌아서는 등줄기에
주인집 여자의 매운 한마디가
자꾸만 박힌다

수용소 같은 원룸을 빠져나와 시청로에 멈췄다
낙엽은 선채로 물들고
사람들은 코스모스의 내용 없는 얼굴을 찍느라 바쁘다
아무렇지 않은 척 그들 대열에 든다

# 배경

평생 식구들 배경이 되어준 아버지
고목으로 태어나 고목이 되어버린 분
지난밤 꿈속에서 만났다
목단 꽃그늘에 갈색을 덧대고
덕지덕지 잎을 불어넣은 동양자수 두 폭 가리개
정지된 풍경에 갇혀 고립에 길들여진 그가
풍경 속을 사뿐히도 걸어 다니신다
생시 같다
가끔 자신을 열어
누군가의 배경이 되어주는 가리개
보여줄 듯 말 듯 사라지는
어렴풋한 얼굴
가리개 속을 활보 하시는 아버지
오늘은 내 시의 배경이 되어주신다

# 버려진 것들의 수다

버림받은 것들도 할 말이 있다

장마 떠난 후 원주천변

버려진 것들의 수군거림으로 어수선하다

부서진 의자

흙탕물에 매달려 필사적이다

토사에 쏠려 반쯤 누운 억새풀들

폐타이어 목을 꽉 잡고 있다

저마다 살아남을 구실을 찾고 있다

물이 출렁일 때마다 흔들리는 의자

하천은 물소리 높여 죽은 물고기들을 호명한다

널브러져 있는 붕어 주변에

파리들만 무법천지를 만났다

이들의 수다가 길어질 쯤

폐기물 수거 트럭이 도착되고

돈 되는 것들에 섞여

버림받은 것들이 트럭에 담긴다

다시 버려진 생이여!

전윤호

# 흐린 날의 왈츠

안개가 한기를 걸치자
춘천의 가을이 시작됐지
은행나무들은 노란 양탄자를 깔고
무릎을 살짝 굽히며
춤을 추자더군
왈츠가 별건가요
거품을 남기며 밀려오는 물결처럼
부딪치면 빙글 돌아요
널 찾을 수 없어
평생 떠돌았지
달에도 가 보고 화성에도 가봤어
태양이 불꽃을 뿜을 때
답답한 그림자를 태워 먹기도 했지
지금은 그냥 빙빙 돌아
돌고돌다 보면
어느새 내 앞에 네가 서 있겠지
거기가 춘천이든 백조자리든
우리는 숨 쉬고
아직 사랑하겠지

# 연애소설

사내가 큰 거 한 건 노리고
헛손질 하는 동안
그녀는 책을 읽네
가난한 소녀가 자라서
아름다운 처녀가 되고
꿈을 잃지 않고 열심히 살다가
백마 탄 왕자를 만나는
연애소설은 행복하지
정리해고도 없고
부도난 어음도 없는
반드시 예정된 행운이 숨어 있는 세상은
예정된 행복한 결말처럼
교훈적이야
지금 눈앞에 닥친 어려움은 단지
둘의 사랑을 단단하게 만들려는 복선일 뿐
사내는 소주를 마시고
그녀는 책을 읽네
도중에 멈춘다 해도
끝이 궁금하진 않다네

# 도원(桃園) 일기

휴가 가는 친구를 내 고향으로 보내고

장대비 내려 종일 근심한다

갈아타는 기차를 놓치고

맨머리로 비 맞고 서 있는 건 아닌지

차편이 없으면 가스 충전하러 오는 택시를 잡으면 되는데

종일 비 내리고

강을 건너야 하는 민박집도 걱정이다

온순한 강도 바위에 거세게 부딪치면

코피 흘리며 흥분하는 법

술김에 잘못 나돌다가

산속에 며칠 갇힐 수도 있다

그곳에선 돌아가야 할 날짜가

아무 소용도 없이 연기된다

천둥번개가 치고

나는 깨닫는다

그곳은 내게나 편한 곳이라는 걸

누구에게나 열려 있지 않은

도원은 그래서 도원이라는 걸

# 손톱

나 같은 얼간이에게
사랑은 손톱과 같아서
너무 자라면 불편해진다
밥을 먹다가도 잠을 자다가도
웃자란 손톱이 불편해 화가 난다
제 못난 탓에 괴로운 밤
죄 없는 사람과 이별을 결심한다
손톱깎이의 단호함처럼
철컥철컥 내 속을 깎는다
아무 데나 버려지는 기억들
나처럼 모자란 놈에게
사랑은 쌀처럼 꼭 필요한 게 아니어서
함부로 잘라버린 후
귀가 먹먹한 슬픔을 느끼고
손바닥 깊숙이 파고드는 아픔을 안다
다시 손톱이 자랄 때가 되면
외롭다고 생각할 것이다

# 사직서 쓰는 아침

상기 본인은 일신상의 사정으로 인하여
이처럼 화창한 아침
사직코자 하오니
그간 볶아댄 정을 생각하여
재가해 주시기 바랍니다
머슴도 감정이 있어
걸핏하면 자해를 하고
산 채 잡혀먹기 싫은 심정에
마지막엔 사직서를 쓰는 법
오늘 오후부터는
배가 고프더라도
내 맘대로 떠들고
가고픈 곳으로 가려 하오니
평소처럼
돌대가리 같은 놈이라 생각하시고
뒤통수를 치진 말아주시기 바랍니다

# 서울이 외롭다

사방이 막힌 네거리가 외롭고
건널목에 새끼고양이가 외롭고
붉은 신호등에 갇혀 바라만 보고 있는 사람들이 외롭다
잠보다 이른 알람이 울리는 시계를 머리맡에 두고
냉장고엔 먹다 남은 반찬 그릇 두엇
또 이별하는 꿈을 꾸면서 뒤척이다가
소스라치게 놀라 깨면
골목마다 불 켜진 집들이 외롭고
무덤처럼 불 꺼진 집들이 외롭다
지하철에는 가기 싫은 목적지가 가득 차고
종착역에 들어오는 전동차처럼
텅 빈 의자에 전등만 훤한 내 모습
가는 곳마다 X자를 한 교회들이 외롭고
대웅전만 화려한 절이 외롭고
하루를 못 넘기고 구겨지는 신문이 외롭고
내가 사랑하는 사람이 외롭다

강선영

# 단감

지인이 단감 한 상자를 보내왔다
칼끝에 느껴지는 단단한 저항감
손에 힘이 들어간다
떫음이 없었으니 익힘은 언제부터였을까
감잡을 기회가 쉽지 않다

늘 안다고 생각했으나
제대로 감을 잡지 못해
떫은 채 철들지 못하고 산다
감을 잡을 만 하면 한 발 늦는다
내 안의 감은 언제쯤 생겨나서
감을 잡고 살 수 있을까
간절히 감 하나를 구한다

껍질 벗겨진 감을 맛있게 먹는다
깊은 단맛에 입 안이 향기로 퍼진다
이제 나에게도 감이 생겼으면 좋겠다

# 써놓고 보니 슬픈 말이다

예전보다 짧아진 머리 때문에
하마터면 못 알아볼 뻔했다

오랜만이라고 간단한 국수를 먹을 때도
저녁에 만날 사람 생각뿐
국수에는 관심조차 없었다

짧게 깎은 머리 때문에
길어진 얼굴

서로 잠시 목을 숙일 뿐
인사말도 제대로 하질 못했다

이젠 어디서고 기다리지 않는 사이

써놓고 보니 슬픈 말이다

# 어스름녘이면 집에 가고 싶다

어스름 녘
굴뚝에서 저녁 짓는 연기 올라오면
어디서고 하던 일 멈추고 집에 가고 싶다

집에 가서 저녁 짓는 엄마가 보고 싶다
무시레기 된장국 숯불에서 끓고 있고
하얀 쌀밥 뜸 들이는 부엌 마당에 들어서면
비로소 마음이 환해진다

싸리 빗자루로 마당을 쓸고
아버지와 오빠는 겸상을 하고
나와 어머니와 여동생은 한 상에서
두런두런 얘기 나누며 저녁을 먹는다

굴뚝에서는 덜 마른 푸장나무 타는 냄새가
건초마냥 향기롭고 어둠이 안개 빛깔에서
먹물 빛깔로 바뀔 쯤 소쩍새 울음소리 듣다
잠이 든다

# 귀뚜라미

어린 것 장례 치루고 온 뒤부터
가슴속에 귀뚜라미 한 마리 산다

허겁지겁 달려 온 날은 멈추었고
섬뜩한 무서움도 홀연히 사라졌다

먼 데선 비가 내렸고
목이 쉬도록 같이 울었다

부엌 구석에서 울고
창틀 구석에서 울고
울타리 밖에서도 울었다

먼 것은 싫고
먼 것은 슬프다

바람은 검게 불었고
검불들은 바람에 날아가고
가로수들은 길을 비켜 서있다

외로운 손님은 가고
너도 가고
비에 젖은 나도 간다

# 사랑이 지나간 자리

나무는 뿌리째 뽑히고

돌들 쓸려가고

흙더미 무너져 내렸다

다 떠내려가

저 밑에

쌓여 있다

# 벚꽃 역

세숫대야에 옷 한 벌, 신발 한 켤레 담아
치악역 폐선 끝에 자리한 대성암으로
사십구재 지내러 갔다
명부전에 벚꽃 잎 먼저 와 합장하고 앉아 있다
제 지낸 후 인사도 말고 아는 체도 말고
돌아가라는 노스님 말씀 따라
이 생의 기억 사리탑 옆에 묻고 내려오니
오던 길이 먼저 지워지고 없다

# 써놓고 보니 슬픈 말이다

2018년 11월 25일 초판 1쇄 인쇄
2018년 11월 30일 초판 1쇄 발행

——

지 은 이  강세환 외 9인
펴 낸 이  강송숙
디 자 인  더블유코퍼레이션(정숙영), 나니
인    쇄  더블유코퍼레이션
펴 낸 곳  오비올프레스

——

ISBN 979-11-89479-03-9

——

출 판 등 록  2016년 9월 29일 제 419-2016-000023호
주        소  (26478) 강원도 원주시 무실새골길 52
전 자 우 편  oballpress@gmail.com

이 도서의 국립중앙도서관 출판예정도서목록(CIP)은 서지정보유통지원시스템 홈페이지(http://seoji.nl.go.kr)와 국가자료공
동목록시스템(http://www.nl.go.kr/kolisnet)에서 이용하실 수 있습니다. (CIP제어번호 : CIP2018036384)